TINTENMEER

Ein Brief

I0662514

Peter Heinl

TINTENMEER

Ein Brief

THINKAEON

Copyright © Peter Heinl, 2018

Thinkaeon®

Thinkclinic® Publications

Thinkclinic® Limited

32 Muschamp Road

GB London SE15 4EF

ISBN 978-1-9998339-1-6

Der Autor/Verlag dankt für das Respektieren des folgenden Hinweises: Alle Rechte vorbehalten. Der Nachdruck ist, auch auszugsweise, nicht gestattet. Kein Teil dieses Werkes darf ohne schriftliche Einwilligung des Autors/Verlags in irgendeiner Form (Fotokopie, Mikrofilm, Digital, Audio, TV oder irgendeinem anderen Verfahren) – auch nicht für Zwecke der Unterrichtsgestaltung – reproduziert oder unter Verwendung elektronischer Systeme verarbeitet, vervielfältigt oder verbreitet werden.

www.thinkclinic.com

drpheinl@btinternet.com

Twitter: @DrPeterHeinl und @Thinkclinic

Facebook: peter.thinkclinic und thinkclinic

LinkedIn: Peter Heinl

Xing: Peter Heinl

Gestaltung und Umsetzung: uwe kohlhammer

Umschlagabbildung: Peter Heinl

Venla und Vilma,

voll freudiger Begeisterung ihre ersten

Briefzaubereien verfassend,

in Bewunderung

gewidmet

Die Welt ist eine wunderliche Einrichtung; und die göttlichsten Wirkungen, mein lieber Sohn, gehen aus den niedrigsten und unscheinbarsten Ursachen hervor.

Heinrich von Kleist
Brief eines Malers an seinen Sohn

INHALT

I

Liebe Almuth,

Was soll ich dir heute schreiben?

Zumindest sollte ich dir für deine lieben Zeilen danken und um Entschuldigung dafür bitten, dass ich dich wieder einmal so lang mit einer Antwort habe warten lassen. Mehr als um Entschuldigung zu bitten, vermag ich nicht zu tun, denn ich habe keine wirkliche Entschuldigung, außer den üblichen, die ohnehin von geringer Überzeugungskraft sind.

Vielleicht ist es letztlich so, dass ich die Zeit brauchte, um mir eine klarere Vorstellung – oder sollte ich sagen, ein

Bewusstsein – davon zu verschaffen, was ich dir eigentlich schreiben sollte oder was dir mitzuteilen es mich drängte.

Letzteres sage ich, weil ich mir nicht immer schlüssig bin, ob es die Instanz meines Willens ist, die das Schreiben diktiert, oder ob andere Kräfte, wenn nicht Mächte am Werk sind.

Erlaube mir, liebe Almuth, gleich anmerken zu dürfen, dass der Begriff des Bewusstseins vermutlich zu hochtrabend klingt. Deshalb habe ich von Vorstellung gesprochen, merke jedoch, dass auch dieser Begriff nur einen tastenden Versuch darstellt, einen inneren Vorgang zu umschreiben, den präzise in Worte zu fassen mir nicht möglich ist.

Vielleicht besteht das Problem darin, dass ich im Grunde genommen gar keinen Brief an dich oder einen beliebigen anderen Menschen schreiben kann, ohne zu Annahmen greifen zu müssen, wie zum Beispiel der, ob du bereit sein wirst, meinen Brief tatsächlich zu lesen.

An meinem Schreibtisch sitzend, während meine Finger über die Schreibmaschinentastatur tanzen, erliege ich der merkwürdigen Vorstellung – und sehe es geradezu vor meinem inneren Auge –, dass du meinen Brief erhältst, den Absender sofort erkennst, um dann den Brief ungeöffnet und samt Sondermarke in den Mülleimer zu werfen oder, genauer gesagt in den Pappkarton, der für das Wegwerfpapier vorgesehen ist. All dies vollzieht sich äußerst schnell und effizient und all meine Mühe, die in das Briefschreiben hineingeflossen ist, wäre vergeblich gewesen.

Andererseits würde ein solch beherztes Wegwerfen des Briefes vermutlich einen Keim Ehrlichkeit enthalten. Denn du würdest dich auf das Prinzip deiner Entscheidungsfreiheit berufen, die dir zusteht und die dir niemand, auch ich nicht, mit dem Verweis auf all meine Briefschreibmühen und die hierin investierte Zeit verwehren kann – die Entscheidungsfreiheit, einen dir zugestellten Brief, unter welchen

Umständen er auch entstanden sein mochte, deiner Aufmerksamkeit und Kenntnisnahme nicht für Wert zu erachten und zu ignorieren, ohne dich verpflichtet zu fühlen, eine Rechtfertigung abgeben zu müssen.

Du könntest zu dir sagen: *„Ich habe den Brief weggeworfen, weil ich ihn nicht lesen wollte."* Oder: *„weil ich ihn aus Prinzip nicht lesen wollte."* Oder: *„weil ich ihn an diesem Tag nicht lesen wollte."* Oder: *„weil ich dir, lieber Felix, an diesem Beispiel einfach vorführen wollte, dass dein Briefschreiben deine Angelegenheit ist, dein Recht, auch dein Privatvergnügen oder dein Ausdruck von Freiheitsgestaltung, da du schreiben kannst, wozu du Lust hast. Genau so nehme ich, Almuth, mir eben diese Freiheit heraus.*

Du, lieber Felix, kannst mir ruhig vorhalten, dass mein Umgang mit deinem Brief eine Frechheit ist, diesen dei-

nen Brief, den du mir hast zukommen lassen, in den großen

Rachen des Recyclings zu werfen.

Ich, Almuth, würde es nicht einmal aus Jux tun oder

gar aus Rache dafür, dass du, lieber Felix, mir so lang nicht

geschrieben hast, oder aus einer versteckten Eifersucht her-

aus, dass du so lange, wortreiche Briefe schreiben kannst.

Nein, schlicht und einzig nur um ein Exempel zu statuie-

ren, um die Freiheit oder die freie Verfügungsgewalt, um

es geschraubter auszudrücken, einer Briefempfängerin zu

leben. Ich weiß, dass die Post diese Freiheit nicht hat, denn

wenn sie deinen Brief angenommen hat, ist sie rechtlich

dazu verpflichtet, ihn auch über die Lande zu befördern und

mir, der Almuth, auszuhändigen.

Aber ich, Almuth, verfüge über diese Freiheit. Diese Frei-

heit würde es mir erlauben, den Brief in Empfang zu nehmen

– zudem mit einem freundlichen Lächeln –, um den Brief

dann mit einer schnellen Handbewegung vor den Augen des

erstaunten Briefträgers zu zerreißen und zuzusehen, wie die

Papierschnitzel in den Papierkarton schweben mitsamt all

der schönen Sätze und Worte und all der Mühe, die sich hin-

ter dem Schreiben verbergen, dem Hin- und Herüberlegen,

dem Abwägen, dem Ausformulieren, um einem Satz, ja, den

Sätzen in ihrer Gesamtheit, auch wirklich das gewünschte

Drehmoment, das Flair, jenen unnachahmlichen, persön-

lichen Anstrich zu verleihen – all dies würden die Papier-

schnitzel in ihr weißes Grab mitnehmen und hiermit auch

ein Stückchen deines Selbst, lieber Felix, das ich so zerstö-

ren würde, um mein Recht auf Freiheit nicht nur gedanklich,

sondern auch tatsächlich verwirklichen zu können. Ich sehe,

lieber Felix, im Grunde genommen keine Möglichkeit, wie

dieses Problem anders zu lösen wäre.

Und wenn ich ganz ehrlich mit dir bin, wäre es durchaus

nicht so, dass das Aufrechterhalten und die Verwirklichung

meiner Freiheit für mich nur ein rechthaberischer Genuss

wäre, der mir den Glanz meiner Macht vor Augen führen

würde. Nein, ich würde mich gewiss nicht eines Anflugs von

Traurigkeit erwehren können, wenn ich vor dem Papierkar-

ton stünde und zusähe, wie die einzelnen Briefpapierschnit-

zel – es wäre vermutlich wieder ein teures Papier, das du

verwendet hast – so unwiderruflich und unwiederbringlich

in die Versenkung segeln und im Meer des Vergessens unter-

gehen würden."

Liebe Almuth, während ich dies zu Papier bringe, wird

mir bewusst, dass dir diese Freiheit und dieses Recht in der

Tat zur Verfügung stehen. Ich vermag es nicht zu bestreiten.

Obgleich es mir nicht leichtfällt, weil es mich zur Aufgabe

der selbstverständlichen Annahme zwingt, dass du einen

Brief, den ich dir mit guten Absichten zusende, nicht weg-

werfen würdest. Aber ich muss akzeptieren, dass du dich auf

das Prinzip der Freiheit berufst.

Würdest du den Brief vernichten, läge die Ironie darin, dass du vielleicht nie wissen würdest, dass mein Brief der Beweis dafür ist, dass in mir, wenn auch überraschend und wider Erwarten, ein Bewusstseinswandel im Sinn der Akzeptanz deiner Haltung stattgefunden hat. Denn du, liebe Almuth, würdest den Brief ja nicht gelesen, sondern ihn zerrissen haben, in der Annahme, dass mir, dem Briefschreiber, das Bewusstsein über die dir zustehende Freiheit fehlt.

Du würdest, da dir die Kenntnis über diesen Wandel fehlt, mich in Zukunft vermutlich als einen Menschen einschätzen, dem die Sensibilität für mancherlei Freiheiten fehlt. Du würdest mich daher falsch einschätzen und mir, und ich hoffe, du empfindest dies nicht als einen Vorwurf, sogar Unrecht antun.

Um grobes Unrecht würde es sich freilich nicht handeln. Wer gerät schon wegen des Prinzips der Freiheit im Umgang mit dem Empfang von Postsendungen oder papiernen Leicht-gewichtigkeiten, oder wie auch immer man einen Brief im professionellen Jargon bezeichnen mag, in Aufregung? Vermutlich ist ein Brief nicht mehr als ein Objekt, unbesehen all der in ihm enthaltenen subjektiven Inhalte. Aber wer würde sich hierüber schon ereifern? Kaum jemand. Und demnach wäre die hieraus folgende Fehleinschätzung meiner Person kein grobes Unrecht, liebe Almuth.

Ich bitte dich sehr, mich in diesem Punkt nicht misszuverstehen, denn andererseits wäre es wohl zumindest, wollte man es unter die Lupe legen, ein Fragment von Unrecht. Die Ironie läge darin, dass mir ein Unrecht widerfahren würde, weil du in legitimer Beachtung eines dir wichtigen Freiheitsprinzips, das ich angehalten bin zu respektieren, und ohne mir irgendein Unrecht zufügen zu wollen, mir letztlich dennoch genau dieses antust, jedoch ohne es wissentlich zu tun und in reiner Unschuld.

Ich vermag dir deswegen auch nicht ungehalten zu sein.

Ich muss auch kein Gefühl des Ungehaltenseins verdrängen,

so wie ich auch dem Wetter nicht gram bin, wenn ein klei-

nes, graues Wölkchen am Himmel auftaucht, wo bislang der

Himmel das Auge mit einem wolkenlosen, prachtvoll leucht-

enden Azurblau erfreute.

Vermutlich bin ich mir bislang nur unzureichend bewusst

gewesen, dass ich mich zu sehr auf die selbstverständliche

Annahme berufen habe, dir mit meinem Brief eine Freude

oder zumindest eine angenehme Erfahrung bereiten zu kön-

nen statt eines Anlasses, der dich in eine Auseinanderset-

zung mit der Wahrung deiner Freiheit manövriert.

Vielleicht bin ich zu der Erkenntnis gezwungen, dass

allein schon in dem Inangriffnehmen des Schreibens eines

Briefes an dich der Keim eines Unrechts liegen kann. Ich sage

bewusst liegen kann, weil ich in der Erforschung dieses Problems noch nicht so weit gediehen bin, um mit Überzeugung

sagen zu können, dass sich in diesem Keim notwendiger-

weise ein Unrecht verbergen muss.

Allerdings ist mein Bewusstseinsprozess so weit fort-

geschritten, sagen zu können, dass ein Unrecht in der Tat

sehr schnell entstehen kann, wenn ich diesen Brief aus dem

Gefühl oder der Grundhaltung heraus schreibe oder schrei-

ben würde, du müsstest ihn auch lesen. Denn dann würde

ich dich, bildlich gesprochen, vor ein Joch spannen, wozu ich

kein Recht habe.

Um von vornherein das Risiko der Entstehung eines sol-

chen Unrechts möglichst klein zu halten, muss ich mir sehr

klar sein, dass die Verfügungsgewalt über den Umgang mit

diesem Brief allein in deiner Hand liegt, was auch dein Recht

beinhaltet, den Brief in unrühmliche Schnitzel zu verwan-

deln. Dies wiederum, so glaube ich, wird nur dadurch möglich sein, wenn ich diesen Brief in einer Haltung schreibe, die

an dich keine Erwartungen richtet, wie beispielsweise die-

jenige, dass du dich schon allein deshalb über meinen Brief

freust, weil ich dir geschrieben habe.

Dass dies so sein mag, will ich nicht ausschließen und

würde es dir auch gewiss nicht verbieten wollen. So sehr ich

auch hoffen mag, du mögest dich über meinen Brief freuen,

muss ich dennoch im Blickfeld bewahren, dass dies nicht

zwangsläufig der Fall sein muss. So ist es wohl unumgänglich,

diesen meinen Brief an dich in einer Verfassung zu schrei-

ben, die Robert Musil, der dir als Verfasser des berühmten

Werkes *Der Mann ohne Eigenschaften* vermutlich vertraut

ist – und ich hoffe, ich verstehe Musil richtig –, als Möglich-

keitssinn bezeichnet hat.

Was auch immer den Inhalt dieses Briefes betrifft und

welche Empfindungen mich im Verlauf des Schreibens leiten

mögen, ist letztlich unerheblich, da ich deine Reaktion auf meinen Brief nicht kontrollieren kann. So kann und darf ich nicht erwarten, dass du auf ihn auf eine bestimmte, von mir erwartete Art und Weise reagieren wirst. Unbesehen all der Schwingungen an Gefühlen, die bei seiner Entstehung ihre Hand im Spiel haben mögen, muss ich akzeptieren, dass der von mir geschriebene Brief zerstört werden könnte.

Nicht, dass ich die Wahrscheinlichkeit für hoch einschätze, dass du diesen Brief tatsächlich vernichten wirst. Ich möchte dir nur das Zugrundeliegende vor Augen zu führen, dass mich der Respekt vor deiner Freiheit dazu anhält, diesen Brief in dem Bewusstsein zu schreiben, dass er seine Wirkung als Brief möglicherweise niemals entfalten wird.

Sofern mein Brief jemals zu Ende geschrieben sein wird, kann ich ihn nicht mit dem Ballast an dich gerichteter Erwartungen auf die Reise schicken, sondern nur getragen von dem Wunsch oder der Hoffnung, er möge von dir wohlwollend empfangen werden.

II

So bewegt mich meine gedankliche Auseinandersetzung

dazu, Erwartungen, die ich an dich gehabt haben mochte,

über Bord zu werfen. So neu und überraschend dies für

mich auch sein mag, da ich mir über eingehendere Fragen

des Briefschreibens noch niemals ernsthaft den Kopf zer-

brochen habe, bin ich dankbar, dass meinem Bewusstsein

dieser Impuls vermittelt wurde.

Das Abwerfen des Erwartungsballasts hat auch für mich

eine befreiende Wirkung, weil es mich von der vielleicht nur

auf einer tieferen Ebene fassbaren Abhängigkeit von dei-

nem Wohlwollen meinem Brief gegenüber entlastet. Der

Möglichkeit ins Auge sehen zu können, dass du meinen an

dich gerichteten Brief mit Berufung auf deine Freiheit auch

ablehnen könntest, bringt mich so nicht mehr aus dem

Gleichgewicht. Es löst meinen Brief von einer zu einseitigen

Ausrichtung auf dich.

Es befreit mich auch von einer zu einseitigen Ausrich-

tung auf mich selbst, was auf den ersten Blick merkwürdig

anmuten mag, da mein Brief nicht an mich selbst gerichtet

gedacht ist.

Lass es mich zu erklären versuchen. Selbst wenn es noch

schwer fassbar für mich ist und nur als Ahnung in meinem

Kopf umherschwebt, so gewährt das Abstreifen des Erwar-

tungsballasts dem Brief – einer Erscheinungsform, die den

im Raum der Fantasie zwischen uns beiden schwebenden

unsichtbaren Faden der Beziehung widerzuspiegeln sucht –

einen neuen Impuls an Freiheit, sich dir zuzuwenden.

Nachdem es mir gelungen ist, mich von Erwartungen zu lösen, die ich an dich gehabt haben mochte, so möchte ich auch von Erwartungen Abschied nehmen, die du vielleicht an mich haben magst, da sie das Wesen dieses Briefes beeinflussen könnten, ohne hiermit zum Ausdruck bringen zu wollen, dass du diese Erwartungen in der Form hegst, wie ich sie empfinde, da ich dann Gefahr liefe, dir Unrecht anzutun. Andererseits ist es jedoch so, dass ich nicht sicher bin, völlig frei von ihnen zu sein.

Vielleicht ist schon die Form der Anrede und die knappe, weder geschickte noch fantasievolle Entschuldigung ein Ausdruck stiller Erwartungen, die sich beim Verfassen meines Briefes unbemerkt verselbstständigt haben. Hierzu zählt wohl auch die Wortwahl, dass ich dir schreiben sollte, da der Begriff des Sollens Ausdruck übergeordneter, steuernder Impulse ist, die dem spontanen Ablauf innerer Kräfte oft genug hinderlich im Weg stehen.

So kann ich dir vermutlich erst dann einen Brief schreiben, der jene Freiheit lebt und ausstrahlt, wie ich sie dem Brief wünsche, wenn ich mich von all den Erwartungen befreit habe, die deine mögliche Reaktion auf meinen Brief betreffen, wie auch von all denen, die in mir ihr Versteckspiel treiben und den Zirkel des freien Ausdrucks enger schnüren, als es für die Entfaltung eines Briefes, der von einem Menschen zu einem anderen schwebt, förderlich wäre.

Hierin sehe ich keine Haarspalterei. Denn ein unter dem Siegel des Sollens verfasster Brief kann letztlich nie mein zutiefst eigener Brief sein. Könnte ein Schmetterling frei, selbstvergessen und poetisch-träumerisch durch die Luft tanzen, wäre er einer fremden Steuerung unterworfen? Es wäre ein Jammer, geradezu eine gewaltsame Selbstentfremdung.

Mir erscheint es, dass ich mich erst dann in der Lage fühle,

dir, liebe Almuth, einen Brief schreiben zu können, der eine

wahre Widerspiegelung meiner selbst darstellt, wenn er in

einem Raum und im Wohlwollen einer Atmosphäre entstan-

den ist, die von den tiefhängenden Wolken des Sollens und

dem urteilsschweren Blick höherer Instanzen nicht verdun-

kelt ist. Erst dann wird mein Brief ein Widerhall dessen sein,

was ich, Felix, zum Ausdruck bringen möchte.

Dies wird mir erst gelingen, wenn ich die Vorstellung

vom Sollen des Briefschreibens aufgebe und mich ganz

dem Gefühl hingebe, dir, liebe Almuth, einen Brief schrei-

ben zu wollen. Ein Wollen in der Anerkennung der Möglich-

keit, von dir missverstanden oder nicht verstanden zu wer-

den, und auch ein Wollen in einem Bewusstsein, dass das,

was als Brief entstehen wird und was ich jetzt, wo ich diese

Zeilen schreibe, noch nicht übersehen kann, weil es zwar

erwünscht, aber noch nicht gewusst ist – dass das, was dann

entstehen wird, auch neu für mich selbst sein, mich vielleicht sogar überraschen, und, wer weiß, sogar verändern wird.

III

Soll ich dir davon erzählen, dass ich gestern seit langer Zeit ins Theater gegangen bin und mir ein Stück angesehen habe, das ich recht amüsant fand? Soll ich dir davon erzählen, dass ich beginne, mich dem Thema des körperlichen Ausgleichs mit mehr Ernsthaftigkeit zuzuwenden und mich jetzt dazu durchgerungen habe, mich einer Gymnastikgruppe anzuschließen – in der Hoffnung, dass man in diesem Zirkel körperliche Ertüchtigung zwar ernst, aber wiederum auch nicht so ernst nimmt, als dass ich unmittelbar anschließend eine andere Übungsgruppe aufsuchen müsste, um mich mittels Entspannungsübungen zu erholen?

Soll ich dir davon berichten, dass ich mich in den vergangenen Wochen, genauer gesagt den letzten zwei Wochen, einer für mich ungewöhnlich heiteren Gemütslage erfreut habe? Sie stellte sich einfach ein und ich muss gestehen, immer noch verwundert zu sein, dass sich dieser Umschwung der seelischen Gemütslage so überraschend eingefunden hat, ohne dass ich in der Lage wäre, dir zu erklären, welcher tiefere Anlass zu dieser erfreulichen Wendung der Dinge geführt hat.

Noch immer fällt es mir schwer zu glauben, dass meine Seele, ich meine geradezu unverdient, in einem solchen Hoch dahingleitet. Aber ich nehme es an wie es ist und habe die anfängliche Hemmung überwunden, darüber nicht zu sprechen. Denn ich hatte befürchtet, dass eine Erwähnung der so angenehmen, vorteilhaften Gemütslage dazu führen könnte, dass sie mir genauso schnell, wie sie sich mir zugewandt hatte, wieder den Rücken kehrt. Vermutlich würde ich dann noch bedrückter in der Landschaft stehen als zuvor, weil ich vor dem Hoch nur oberflächlich registriert hatte, wie sehr das Lebensschiffchen Gefahr lief, auf dem Meeresboden festzulaufen.

Was sollte ich dir sonst noch berichten? Oder würde ich dich doch nur langweilen? Oder habe ich gegen den eigenen Vorsatz gesündigt, nichts in einem Stil verlauten zu lassen, der vom Geist des Sollens infiziert ist? Vielleicht fällt es mir schwerer als gedacht, das Gewohnte abzustreifen und mich zu ändern, mich in einen sollfreien Raum zu begeben, dem jedwede Verunreinigung durch Gesolltes fehlt.

Möglicherweise bin ich einer Trübung meiner Wahrnehmung aufgesessen, deren baldige Überwindung ich mir wünsche, um Zutritt zu dem sollfreien Raum zu erlangen, dem die Schwere der Erwartungen fehlt und der, so stelle ich mir vor, von einer Atmosphäre großer, unschuldiger Leichtigkeit und einer Zartheit selbstverständlicher und selbstbewusster

Gelassenheit bestimmt ist, die keiner Rechtfertigung bedarf,

wie auch die Wolken am grenzenlosen Himmel dahinziehen,

unbekümmert um den Nachweis ihrer Legitimation.

So werde ich, liebe Almuth, mich nochmals bemühen,

mich nicht mehr von den Sirenen des Sollens verleiten zu

lassen, sondern dich an meinem Erleben beim Betreten des

sollfreien Raums teilhaben zu lassen, in der Hoffnung, dir

einen Eindruck von dem Flair vermitteln zu können, das

einen nicht sollend geschriebenen Brief auf die Bögen des

Papiers fließen lässt.

Ich werde versuchen, mich bei dem Kappen der Taue des

Sollens nicht zu sehr verkrampfen, sondern in einer gelös-

ten Seelenverfassung zu bleiben, um heiteren Gemüts in das

Eldorado des sollfreien Raums zu gelangen, in dem das Sich-

selbst-sein im silbernen Fluss des So-sein-dürfens dahintreibt. Gleite ich zu sehr ins Poetische ab? Es mag sein, dass

ich mich manches Mal von dem Lächeln der Poesie hinreißen

lasse, wobei ich hoffe, du verzeihst es mir.

Noch immer ziehe ich auf der Suche nach dem sollfreien

Raum im Kreis umher. Es schmerzt mich, diesen Raum noch

nicht betreten zu haben. Noch immer erfüllt mich das immer

stärker werdende Verlangen, diesen Raum zu betreten, als

fühlte ich mich wie ein Seefahrer, den die Magie ferner Küs-

ten verlockt, die Beständigkeit und Verlässlichkeit der hei-

matlichen Bezüge und Gewissheiten hinter sich zu lassen,

als ginge von nie geschauten Küsten eine faszinierende

Anziehungskraft aus.

Auch angesichts aller Aufgeklärtheit, derer man sich in

einem fortgeschrittenen Industriezeitalter kaum zu entzie-

hen vermag, verspüre ich, als gäbe es Kräfte, deren unsicht-

bare Einflüsse manches sehr viel tiefer zu beeinflussen vermögen, als ich es bislang für möglich erachtet hätte. Was dies im Einzelnen jedoch birgt, liebe Almuth, entzieht sich mir. Dir erschließt es sich vielleicht eingehender.

Ich möchte jedoch nicht abschweifen. Ich möchte dir, befreit von der Last von Erwartungen, einen Brief schreiben, der sich dir aus sich heraus mitteilt. Als sei der Brief ein in sich ruhendes und gestaltendes Wesen, das zugleich Zeugnis von dem Wesen ablegt, dem es entstammt – von mir –, und dennoch seine eigene, einzigartige, individuelle Wirklichkeit widerspiegelt.

So lasse ich nicht von dem Versuch ab, mich dem Ziel des sollfreien Raumes anzunähern, indem ich immer weiter suche, taste, gehe, dieses Ziel im Auge behaltend, ohne zu verzagen, ob es mir vielleicht nie gelingen würde, dieses Ziel zu erreichen; und gleichzeitig in dem Bewusstsein, dass das

Erreichen des Ziels letztlich die Aufgabe desselben beinhaltet.

Denn die naheliegende Versuchung, ein einmal erreichtes Ziel als eine Stufe für ein weiteres Ziel zu betrachten und in Anspruch zu nehmen, käme einer Aufgabe der Sollfreiheit gleich. Aber dann würde mich das Erreichen des Ziels in dem Augenblick, in dem ich einen Blick auf seine Einzigartigkeit geworfen habe, wieder aus seinem Paradies vertreiben.

Oder siehst du es anders, liebe Almuth?

IV

Doch nun, liebe Almuth, ist es mir gelungen, den soll-freien Raum zu betreten. Ich habe alles Behaftetsein von Sollen, alle Sollhaftigkeit, diesen so klebrigen Sollmantel mit seiner düsteren Kapuze abgestreift. Ich fühle mich so frei und gleite in einem Auftrieb an Solllosigkeit dahin. Ich frage mich nicht mehr, was ich dir sagen soll, was ich dir schreiben soll, womit ich dir vielleicht in deinen Erwartungen entgegenkommen soll, wie ich meine eigenen, unterschwellig gehegten Erwartungen zufriedenstellen soll, ihnen vielleicht ein kleines Opfer darbringen soll, damit sie sich nicht mehr allzu hinderlich in den Weg stellen.

All dies habe ich, liebe Almuth, abgestreift. Ich war selbst erstaunt, in welch neuartigen Zustand ich mich versetzt fühlte, als die Schlingpflanzen des Sollens von mir abglitten.

Eine unerwartete Leichtigkeit meines Körpers überkam mich und ein aufatmendes Aufschwingen der Gedanken, die sich nun nicht mehr mit der Überwindung des Sollens auseinandersetzen mussten, sondern die eine Lebendigkeit und Heiterkeit durchströmte, ein freies Schauen in alle Himmelsrichtungen, eine Lust, den eigenen Impulsen zu folgen, sie zu entdecken, zu erkunden, durch die Lüfte zu tanzen, ohne von der Kette des Sollens an der Freiheit ihrer Bewegungen gehindert zu werden.

So gleiten die Gedanken in dieser Brise dahin, wie ein weißes Schifflein im Wind, das so schwebend über das Blau des Meeres zieht, als habe es alle Bindungen an die Schwerkraft gelöst und als bewege es sich nur noch im Spiel der Kräfte, die es mühelos, ohne jegliche Anstrengung, ohne Frage nach

dem Sinn an die Verlockungen ferner Küsten tragen.

Es ist, als habe mich die Wandlung der inneren Stimmung

in ein Segel verzaubert, das sich dem Spiel der Winde öffnet.

Wie leicht ist es für mich geworden, dir, liebe Almuth, nun zu

schreiben. Wie überwältigend schön ist es, dir mitzuteilen,

dass es mir gar nicht mehr darum geht, dir etwas Bestimm-

tes sagen zu müssen, sondern nur darum, dich teilhaben zu

lassen an dem, was mich erfüllt.

Das Mitteilen-Sollen bestimmter Inhalte liegt wie die Sil-

houette einer Küstenlinie hinter mir, während mein Blick

nach vorn, in das vor mir liegende, offene Blau des Meeres

mit seinen unendlichen Möglichkeiten der Formen gerichtet

ist. So geht es mir nur noch darum, um es dir nochmals zu

sagen, dich an dem teilhaben zu lassen, was mich erfüllt.

Es ist die Lust an den Worten, die Freude am Schreiben, die Verzauberung ohne jeglichen Zwang, ohne Bemühung, ohne die Frage nach dem Sinn – mich dem Schreiben hinzugeben, ohne um das Entstehen und das Wesen des Schreibens zu wissen, welchen Aufgaben es dient und ob es mit dem Anliegen eines Briefes in wünschenswerter Übereinstimmung ist.

In wunderbarer Freiheit treibe ich in dem Gefühl dahin, als wiege und wehte mich ein Schreibwind voran und als überlasse ich mich nur dem, was er mir in den Sinn trägt. Solltest du, liebe Almuth, so geduldig gewesen sein, bis hierher meinem Brief zu folgen, so stelle ich dir anheim, ob du an dem, was ich dir mitteilen möchte, noch weiterhin Anteil nehmen oder ob du meinen Brief an dieser Stelle nicht doch dem Papierkorb überlassen möchtest. Gestatte dir, es zu bedenken.

V

Quader im Licht, verstehst du es, liebe Almuth? Es würde

auch nichts machen, wenn du es nicht verstündest. Gera-

nien, Akazien verströmen, verwehen ihren Duft. Wälle der

Vernunft brechen, bersten. Fluten aus goldenem Bernstein

suchen den Weg, aber welchen Weg? Den Weg nach dem

Sinn? Sie spielt keine Rolle mehr, diese Frage nach dem

Sinn. Sinne springen, tanzen in die Luft, sie wölben ihre tas-

tenden Gewänder, sie sprühen die Buchstaben ihrer Gedan-

kenkerne. Schwarze Meere tauchen vor meinem Auge auf,

vor meinem inneren Auge. Schneeflocken fallen einsam und

unendlich sanft. Es ist nicht kalt, ich spüre es wie Samt.

Es sind nur Bilder, weißt du, liebe Almuth, nur Bilder, auch Orkanflügel, die über die Landzüge jagen und bizarre Schatten werfen. Aus silbernen Höhlen steigen Lavendeldüfte. Ich weiß, die Worte gehorchen mir nicht mehr. Ich folge ihnen, sie ziehen mich, sie stoßen mich, sie klingen wie schlürfender Smaragd.

Sie gleiten dahin wie Goldfedern über Aquamarinteiche, sie schweben wie unendlich leichte Gedanken über die Schwere der Unendlichkeit. Sie werfen sich auf Waagschalen, die vor Purpurschnecken bersten. Dann stehen sie auf und überreichen mir eine große, überwältigende Kollektion an Schaukelpferdchen. Weißt du, liebe Almuth, solche, die in alten, verstaubten Läden stehen, und nur darauf warten, wieder in weißen Wolken schaukeln zu dürfen, vor den Augen des Mondes, dieser Kürbisscheibe, die gelassen und ruhig am Himmel zieht.

Hier fällt mir ein, liebe Almuth, dass es Vollmond war,

als wir uns das letzte Mal gesehen haben. Aber es ist schon

so lang her, so lang, wie die Schiefertürme im Wind wehen,

umgeben und umrankt von tiefroten Rosen. Spielt es noch

eine Rolle, was ich sage?

Ich lasse meine Finger über die Tasten der Schreibma-

schine tanzen. Ich versuche das, was mir die Worte in den

Sinn schieben, einzufangen, so schnell wie es möglich ist,

aber dennoch wissend, dass es fast unmöglich ist. So leb-

haft-stürmisch kommen die Worte, so bunt, schillernd, so

lebenslustig.

Aus allen Himmelsrichtungen stürmen sie, durch Räume

und Zeiten, durch das Gebälk der Gedanken, durch Eisenerze

und feuernde Kohlen, durch das Seufzen der Savannen und

über einsame Strände.

Atemlos schäumende Wellen von Worten türmen sich

vor mir auf. Schnecken aus blauen Feldern, Eisbären aus

dem schäumenden Meer und rote Flugschlangen aus dem

Geäst von Orangenbäumen und seltsam fremde Grimassen

aus rubinschimmernden Wolken.

Diesem atemberaubenden Geschehen den Stempel

eines Verstehens aufzwingen zu wollen, ist sinnlos. Es voll-

zieht sich so eigenwillig, ja, eigenwildig, voll ungebrochener

Lebenslust, wie Kraniche, die in den Himmel steigen und die

Fesseln der Schwerkraft abschütteln.

Wer vermag schon mit Gewissheit zu sagen, wo der Sinn

seinen Anfang nimmt und sein Ende findet. Ich, liebe Almuth,

traue es mir nicht zu. Schon der Versuch einer solchen Kate-

gorisierung würde Druck erzeugen, die lebendigen Worte in

eine bestimmte Richtung zu lenken oder gar zu zwingen. Ich

möchte den Worten ihren Raum gewähren und sie tanzen lassen ohne sie einengende, kupfern-glänzende Halfter.

Zauberhafte Klänge, Orgeltöne durchziehen mich. Runde, geschwungene, sich in den Sand zeichnende Formen, die die Wolken behauchen und die keiner Anweisung bedürfen, sondern nur der Gnade des großen, weiten, lebendigen Atems der Freiheit.

Worte schweben im Licht und um die Wärme roter Feuer, die an Horizonten leuchten, bis tief in die Schalen der Nacht und bis tief in jene Stille, die aus den Spalten der Erdrinde aufsteigt und Geheimnisse an die Küsten des Bewusstseins spült.

Die Worte bedürfen keiner Vorgaben und keiner Noten, liebe Almuth, sondern nur der Freiheit, um aufzuleben, zu jauchzen, zu jubilieren und zu tanzen wie violette Falter im

Sommerwind. Sie wiegen sich wie die Kronen riesiger Eichen und beten andachtsvoll wie Zypressen. Sie raunen wie Granitsteine der Sehnsucht und bohren sich in das Flussbett der Vergänglichkeit wie die Brücken, die in das Land der Toten führen. Sie brauchen nur die Anmut der Ungezwungenheit, um im Mondlicht zwischen den Laternen der Seele zu tanzen.

Vielleicht hast du, liebe Almuth, meinen Brief schon längst kopfschüttelnd aus der Hand gelegt oder in kleine Schnipsel zerrissen und dem Wind des Vergessens überlassen, der sie die kleine Straße entlang weht, in der du wohnst, und sie unwiderruflich deinem Blick entzieht.

Vielleicht bist du so perplex oder gar enttäuscht, dass du dich entscheidest, nichts mehr mit mir zu tun haben zu wollen und mir die Freundschaft aufkündigst und dich zurückziehst in ein Schweigen, das nichts sagt und doch so viel mitteilt.

Und vielleicht, liebe Almuth, ist es in der Tat so, dass du nicht verstehst, was ich sage, weil es nicht zu verstehen ist, sodass du mich an einer Weggabelung stehen lässt, wo das Kruzifix in einer kleinen Kapelle aufgehängt ist und schon seit langem auf die Erlösung wartet und blutet, wo es doch weiß, dass es nie eine Erlösung finden wird, denn Gott ist unbarmherzig.

Vielleicht werden wir uns verabschieden müssen, da dir das, was ich dir schreibe, so fremd ist, obgleich es auch mir selbst fremd ist, wenn auch wiederum seltsam vertraut. Würdest du mich fragen, ob ich meinen Brief tatsächlich geschrieben habe, so müsste ich sehr wohl sagen, dass es die Wahrheit ist.

Ja, liebe Almuth, diesen Brief habe ich geschrieben, ohne ihn mir im landläufigen Sinn aufgrund bewusster Überlegungen ausgedacht zu haben. In einer Form, die Rätselhaftes in sich birgt, hat sich das Geschriebene aus eigener Gestaltungskraft vollzogen. Was geschah, ist somit kein Geschöpf des Ausdenkens.

Ich möchte es dir gern näher erläutern, auch wenn du es vielleicht nicht mehr lesen möchtest und dich entscheidest, die Lektüre meines Briefes an dieser Stelle abzubrechen.

Worte sind aus einer großen Lust geboren, aus einer grandiosen Freude zu sein, zu stürmen, zu jagen, zu gleiten, zu schwimmen, zu schweben und zu leben und sich wie Schneeflocken, wie Düfte oder wie sanfte Lichtschimmer an all das, dem sie begegnen, zu heften, es zu beschichten, zu berühren, zu beklingen, zu besingen und zu bewiegen, was entsteht, um mich fließt und aufersteht bis in die fernsten

Adern des Weltalls und bis in die düsteren Abgründe der

Vulkane und bis zu den Säulen der Tempel, die schon alte

Völker in einer gläubigen Ehrfurcht erbauten und die Jahr-

hunderte, ja, Jahrtausende seit der zeitlosen Andacht der

Pergamentrollen überlebten, bis in die silbernen Ringe der

eigenen Erinnerung, bis dorthin, wo die Worte wie sanfte

Wellen in einem Lächeln vergehen, bis dorthin, wo sie nur

noch im Glanz ihrer Schuppen leuchten, ohne selbst Worte

zu sein und wo sie in einer Lust des Seins schwimmen, völ-

lig unbefangen, erlöst von Bedeutungsschwere oder der Last

eines Sinns. Wo sie im Türkis des Lichts und der Geborgen-

heit gleiten und wo sie nichts mehr spüren als diese Freude

und unbändige Lust, sich selbst zu sein und keiner Rechtfer-

tigung ihrer Existenz mehr zu bedürfen.

Wo sie zu dir, liebe Almuth, schweben wie Lampions in

einer Sommernacht, um vor deinen Augen in einem wiegen-

den Rhythmus zu tanzen, ohne dir eine bestimmte Botschaft

oder Moral überbringen zu wollen, ohne dich überzeugen, dich zu einem besseren Menschen bekehren zu wollen.

Wo sie vor deinen erstaunten Augen auf- und abschweben, luftwiegend und dir ihr Kerzenlächeln zeigend, weiter um dein Haupt schweben, um dann wieder, so sanft wie sie gekommen sind, in die Ferne aufzubrechen und in das Tintenmeer der Nacht zu entgleiten, um sich in Sterne zu verwandeln oder um vielleicht nie mehr zu sehen zu sein, weil die Reise in die Tiefe des Weltalls so unermesslich weit ist und selbst das Licht sehr alt wird, bevor es unseren kleinen Planeten berührt.

Vielleicht werden sie während der Reise ins Weltall untergehen, weil sie mit einer Sternschnuppe zusammenstoßen, oder vielleicht sogar dich, liebe Almuth, vergessen, weil sich die kerzenschimmernden Lampions unterwegs verlieben und die ganze Erde vergessen. Aber vielleicht, liebe Almuth, wirst du die Worte nicht vergessen. Vielleicht bleiben sie wie kleine, winzige, sprachlose Sternschnuppen in deinem Inneren bis an das Ende deiner Tage.

Vielleicht bist du mir jetzt milder gestimmt und vielleicht denkst du nicht mehr so streng über mich, für den Fall, dass du es getan hast, weil ich so schreibe, wie ich schreibe.

Weil mich diese Lust der Worte, diese Lust am Schreiben – die wie Harz aus den Rinden der Erinnerung quillt, die Melonen über roten Dächern tanzen lässt, die Dome über silberne Moore schweben lässt, die den Docht verflackernder Seelen segnet, die die Kähne der Verzweiflung im Schilf der Hoffnung tröstet – über die Hürden der Grammatik jagt, Punkte und Kommas wie Perlen in Ackerfurchen wirft, Schatten ins Licht scheucht, Himbeeren mit Birnen versöhnt, das Brot der Entbehrung mit roten Lacken bestreicht, die Wangen der Flöße durch windstille Buchten zieht, das

Feuer der Leidenschaft mit Buchstaben, mit Zeichen, mit

den Pyramiden des Abendlichts am Leben hält, die Kränze

der Ahnen in großen Holundersträuchern auferstehen lässt,

aus Taschenorgeln die schönsten Klänge durch die Kamine

in den Rauch der Vergänglichkeit schweben lässt, so unbe-

fangen die Windeln der Vernunft im Weihwasser auswringt,

das Fell der Berge mit dem Honig des Unsinns bestreicht –

diese Lust an den Garben der Worte, am Sommer des Lichts,

am Klingen der Schalen, diese Lust, die gar nichts von dir

will, die einfach vorhanden ist und über den Köpfen segelt

und durch die warmen Herzen strömt und die Muschelhände

liebkost und nicht ungehalten ist, wenn du, liebe Almuth,

diesen Brief nicht liest, weil sie nicht von deinem Lob abhän-

gig ist.

Die Lust ist so groß und ein so wunderbares und silbern

getöntes Geschenk, dass sie keiner Rechtfertigung bedarf

und, wenn du sie nicht magst, einfach weiterzieht, wie goldene Birnen weiter schwingen, wenn du den Klang ihrer Formen nicht magst; eine Lust, die auch in mir weiterklingen wird.

So ist es und ich kann es dir nicht anders sagen. So muss ich mich nun entscheiden, diesen Brief, den du vielleicht nie gelesen haben wirst, zu einem Abschluss zu bringen. Ich weiß, dass es ein künstliches Zu-Ende-Bringen sein wird und gewiss kein natürliches, denn die Lust spielt weiter auf der Klaviatur ihrer Kompositionen, ihres Spiels, ihrer Experimente, ihrer unerschöpflichen Sehnsucht nach dem Neuen, nach den Küsten des noch nicht Beschriebenen, des noch nicht in Wortklänge erfassten, nach dem Berühren der Krüge, die noch unangetastet im Kometenlicht stehen.

Die Lust kennt kein Ende, wie der Atem und der Herzschlag kein Ende kennen, sondern immer nur die Vervollkommnung des momentanen Schlages und die Herausforderung des Moments. So muss ich mich, liebe Almuth, mit einem zarten, aber dennoch spürbaren Schmerz von diesem Brief trennen, sonst würde ich bis ans Ende meiner Tage an meinem Schreibtisch sitzen und weiterschreiben.

Ich höre zu schreiben auf, obgleich ich weiß, dass es keinen wirklichen Grund hierfür gibt, denn die Lust hat sich schon rote Sandalen angezogen, eine Motte mit Akazienblüten ins Haar gesteckt, tanzt mir schon wieder durch die Hände, träufelt mir schon wieder das Parfum ihrer Sehnsucht in die Wolken der Worte, hebt mich in die Arme der Planeten, lässt mich im Rosenwind schaukeln und schiebt schon wieder die Fähre der Mündung des Stroms zu, wo die Wellen des Flusses in der Unendlichkeit der Wellen des Meeres, der Unendlichkeit der Lust der Worte, des Lichts, der Töne, der Unendlichkeit der Unendlichkeit, der Unendlichkeit des Unbegreifbaren, der Unendlichkeit des Staunens und auch der Unendlichkeit dieses Briefes, den ich dir, liebe

Almuth, in meiner Endlichkeit schicke, verschwimmen, um in neuer Unendlichkeit und neuer Lust nach neuen Worten, oder was auch immer diese magischen Wesen, die ich Worte nenne, sein mögen, im Zauber aufzuerstehen.

Dir, liebe Almuth, wünsche ich alles Gute und bitte dich um Entschuldigung angesichts der Länge meines Briefes und dass ich dich so lang habe warten lassen. Möge das, was du dir am sehnlichsten wünschst, in Erfüllung gehen.

Ich grüße dich in herzlicher Verbundenheit

Felix

PS:

Liebe Almuth, heute habe ich meinen Brief abgeschlossen, kann jedoch noch nicht sagen, wann der Brief willens sein wird, die Reise zu dir anzutreten. So bitte ich dich, liebe

Almuth, nochmals um Geduld in der Hoffnung, dieser mein Brief möge dich zu gegebener Zeit erreichen.

DANK

Es ist mir eine große Freude, Susanne Kraft für das feine Sprachgefühl und die wertvollen Anregungen zu danken, die sie der Durchsicht von *Tintenmeer* zukommen ließ.

Ebenso freue ich mich, Uwe Kohlhammer dafür zu danken, die vielen im *Tintenmeer* umherschwimmenden Zeichen und Worte mit dem Netz seines Talents einzufangen und dazu zu gewinnen, sich in ein so schönes Layout kleiden zu lassen.

BÜCHER VON HILDEGUND HEINL
UND PETER HEINL

IM THINKAEON VERLAG

Neu erschienen als Buch und als EBook

**UND WIEDER
BLÜHEN DIE ROSEN**

Mein Leben nach dem Schlaganfall

Erstmals erschienen bei Kösel, München, 2001

Heinl, H.: Thinkaeon, London, 2015
(Neuauflage)

Erhältlich über www.Amazon.de

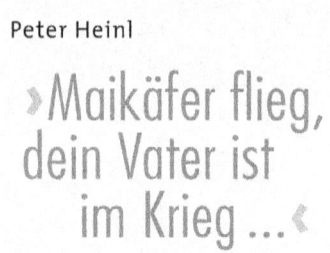

Peter Heinl

›Maikäfer flieg,
dein Vater ist
im Krieg ...‹

Seelische Wunden aus der Kriegskindheit

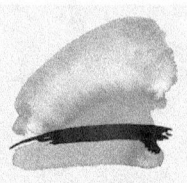

„MAIKÄFER FLIEG,
DEIN VATER IST IM KRIEG ..."

Seelische Wunden aus der Kriegskindheit

Heinl, P.: Kösel, München, 1994, (8. Auflage)

Neu erschienen als Buch und als EBook

„MAIKÄFER FLIEG, DEIN VATER
IST IM KRIEG ..."

Seelische Wunden aus der Kriegskindheit

Erstmals erschienen bei Kösel, München, 1994

Heinl, P.: Thinkaeon, London, 2015

Erhältlich über www.Amazon.de

KÖRPERSCHMERZ-
SEELENSCHMERZ

Die Psychosomatik des Bewegungssystems
Ein Leitfaden

Heinl, H. und Heinl. P.: Kösel, München 2004
(6. Auflage)

Neu erschienen als Buch und als EBook

KÖRPERSCHMERZ-
SEELENSCHMERZ

Die Psychosomatik des Bewegungssystems
Ein Leitfaden

Erstmals erschienen bei Kösel, München, 2004

Heinl, H. und Heinl. P.: Thinkaeon, London, 2015
(Neuauflage)

Erhältlich über www.Amazon.de

Neu erschienen als Buch und als EBook

LICHT IN DEN OZEAN DES UNBEWUSSTEN

Vom intuitiven Denken zur Intuitiven Diagnostik
Ein Leitfaden in den Denkraum

Heinl, P.: Thinkaeon, London, 2014

Erhältlich über www.Amazon.de

Soon available

LIGHT INTO THE OCEAN OF THE UNCONSCIOUS

From Intuitive Thinking to Intuitive Diagnostics
A Path into the Realm of Thinking

Heinl, P.: Thinkaeon, London, 2019

Soon available via Amazon

Neu erschienen als Buch und als EBook

SPLINTERED INNOCENCE

An Intuitive Approach to Treating War Trauma

Erstmals erschienen bei Routledge, London-New York, 2001

Heinl, P.: Thinkaeon, London, 2015

Erhältlich über www.Amazon.de

Neu erschienen als Buch und als EBook

SCHLAFLOSER MOND

Im Labyrinth des Chronischen Erschöpfungssyndroms

Heinl, P.: Thinkaeon, London, 2016

Erhältlich über www.Amazon.de

Neu erschienen als Buch und als EBook

LAVATANZ

Worte im schwebenden Raum

Heinl, P.: Thinkaeon, London, 2016

Erhältlich über www.Amazon.de

Neu erschienen als Buch und als EBook

ESTHER K.
GENANNT EMMA

Eine Märchenfantasie

Heinl, P.: Thinkaeon, London, 2016

Erhältlich über www.Amazon.de

Neu erschienen als Buch und als EBook

LICHTSCHNEE
im Wortraum

Heinl, P.: Thinkaeon, London, 2016
Erhältlich über www.Amazon.de

Neu erschienen als Buch und als EBook

DIE TAGE AM WORTSEE
Roman

Heinl, P.: Thinkaeon, London, 2016
Erhältlich über www.Amazon.de

Neu erschienen als Buch und als EBook

VERSECIRCUS

Heinl, P.: Thinkaeon, London, 2016

Erhältlich über www.Amazon.de

Neu erschienen als Buch und als EBook

WEISSES MARIONETTENPFERDCHEN

Theaterspiel

Heinl, P.: Thinkaeon, London, 2017

Erhältlich über www.Amazon.de

Neu erschienen als Buch und als EBook

DIE TÜRME DER ERINNERUNG

Erzählung

Heinl, P.: Thinkaeon, London, 2017

Erhältlich über www.Amazon.de

Neu erschienen als Buch und als EBook

STUFENGESANG

Erzählung

Heinl, P.: Thinkaeon, London, 2017

Erhältlich über www.Amazon.de

Neu erschienen als Buch und als EBook

IM KÄFIG

Theaterstück

Heinl, P.: Thinkaeon, London, 2017

Erhältlich über www.Amazon.de

Neu erschienen als Buch und als EBook

TRAUMBAUM

Gedichte

Heinl, P.: Thinkaeon, London, 2017

Erhältlich über www.Amazon.de

Neu erschienen als Buch und als EBook

DAS ORAKEL DER BRÜCKE
Erzählung

Heinl, P.: Thinkaeon, London, 2017

Erhältlich über www.Amazon.de

Neu erschienen als Buch und als EBook

TINTENMEER
Ein Brief

Heinl, P.: Thinkaeon, London, 2018

Erhältlich über www.Amazon.de

www.ingramcontent.com/pod-product-compliance
Lightning Source LLC
Chambersburg PA
CBHW060651260626
47161CB00008B/3100